L'homme noir

L'homme noir

～

Emily ANDRADE Cravalho

aldivan teixeira torres

CONTENTS

1   1

1

~

"L'homme noir"
Emily Andrade Cravalho

L'HOMME NOIR

Par: **Emily Andrade Cravalho**
2020 – Emily ***Andrade Cravalho***
Tous droits réservés
Série : Les sœurs perverties

Ce livre, y compris toutes ses parties, est protégé par le droit d'auteur et ne peut être reproduit sans l'autorisation de l'auteur, revendu ou transféré.

Emily Andrade Cravalho, née au Brésil, est une artiste littéraire. Promet avec ses écrits de ravir le public et de le conduire aux délices du plaisir. Après tout, le sexe est l'une des meilleures choses qui soit.

Dévouement et remerciements

Je dédie cette série érotique à tous les amateurs de sexe et les pervers comme moi. J'espère répondre aux attentes de tous les esprits fous. Je commence ce travail ici avec la conviction que Amelinha, Belinha et leurs amis feront l'histoire. Sans plus attendre, un câlin chaleureux à mes lecteurs.

Bonne lecture et beaucoup de plaisir.

Avec affection, l'auteur.

Présentation

Amelinha et Belinha sont deux sœurs nées et ont grandi à l'intérieur du Pernambouc. Les filles de pères agriculteurs savaient très tôt comment faire face aux difficultés féroces de la vie à la campagne avec un sourire sur le visage. Avec cela, ils atteignaient leurs conquêtes personnelles. Le premier est un vérificateur des finances publiques et l'autre, moins intelligent, est un professeur municipal d'éducation de base à Arcoverde.

Bien qu'ils soient heureux professionnellement, les deux ont un grave problème chronique en ce qui concerne les relations parce que jamais trouvé leur prince charmant, qui est le rêve de chaque femme. L'aînée, Belinha, est venue vivre avec un homme. Cependant, il a été trahi ce qui a généré dans son petit cœur des traumatismes irréparables. Elle fut forcée de se séparer et se promit de ne plus jamais souffrir à cause d'un homme. Amelinha, la pauvre, elle ne peut même pas se fiancer. Qui veut épouser Amelinha ? C'est une brune effrontée, maigre, de taille moyenne, aux yeux couleur miel, aux fesses moyennes, aux seins comme la pastèque, à la poitrine définie au-delà d'un sourire envoûtant. Personne ne sait quel est son vrai problème, ou plutôt les deux.

Par rapport à leur relation interpersonnelle, ils sont très proches de partager des secrets entre eux. Puisque Belinha a été trahie par une canaille, Amelinha a pris les douleurs de sa sœur et a également commencé à jouer avec les hommes. Les deux sont devenus un duo dynamique connu sous le nom de " Sœurs perverses ". Malgré cela, les hommes aiment être leurs jouets. C'est parce qu'il n'y a rien de mieux que d'aimer Belinha et Amelinha même pour un moment. Devrions-nous apprendre à connaître leurs histoires ensemble ?

L'homme noir

Amelinha et Belinha ainsi que de grands professionnels et amoureux, sont de belles et riches femmes intégrées dans les réseaux sociaux. En plus du sexe lui-même, ils cherchent aussi à se faire des amis.

Une fois, un homme est entré dans le chat virtuel. Son surnom était "Black Man". En ce moment, elle trembla bientôt parce qu'elle aimait les hommes noirs. La légende dit qu'ils ont un charme incontesté.

—Bonjour, beau ! - Tu as appelé le Noir béni.

—Allô, d'accord ? - J'ai répondu à l'intrigante Belinha.

—Tout va bien. Passez une bonne nuit !

—Bonne nuit. J'aime les Noirs !

—Ça me touche profondément maintenant ! Mais y a-t-il une raison particulière à cela ? Quel est votre nom ?

—Ma sœur et moi aimons les hommes, si tu vois ce que je veux dire. Pour ce qui est du nom, même si c'est un environnement très privé, je n'ai rien à cacher. Mon nom est Belinha. Ravi de vous rencontrer.

—Tout le plaisir est pour moi. Je m'appelle Flavius, et je suis très gentil !

—J'ai senti de la fermeté dans ses paroles. Tu veux dire que mon intuition est juste ?

—Je ne peux pas répondre maintenant parce que cela mettrait fin au mystère. Comment s'appelle ta sœur ?

—Son nom est Amelinha.

—Amelinha ! Beau nom ! Pouvez-vous vous décrire physiquement ?

—Je suis blonde, grande, forte, cheveux longs, gros cul, seins moyens, et j'ai un corps sculptural. Et toi ?

—Couleur noire, un mètre et quatre-vingts centimètres de haut, forte, tachetée, les bras et les jambes épais, soignés, les cheveux brûlés et les visages définis.

—Aïe! Aïe! Tu m'excites !
—Ne vous en faites pas. Qui me connaît, n'oublie jamais.
—Tu veux me rendre fou maintenant ?
—Désolé pour ça, bébé ! C'est juste pour ajouter un peu de charme à notre conversation.
—Quel âge as-tu ?
—Vingt-cinq ans et le tien ?
—J'ai trente-huit ans et ma sœur trente-quatre. Malgré la différence d'âge, nous sommes très proches. Dans l'enfance, nous nous sommes unis pour surmonter les difficultés. Quand nous étions adolescents, nous partagions nos rêves. Et maintenant, à l'âge adulte, nous partageons nos réalisations et nos frustrations. Je ne peux pas vivre sans elle.
—Excellent ! Votre sentiment est très beau. J'ai envie de vous rencontrer. Elle est aussi vilaine que toi ?
—Dans le bon sens, elle est la meilleure dans ce qu'elle fait. Très intelligente, belle et polie. Mon avantage est que je suis plus intelligent.
—Mais je ne vois pas de problème. J'aime les deux.
—Ça te plaît vraiment ? Amelinha est une femme spéciale. Pas parce que c'est ma sœur, mais parce qu'elle a un cœur géant. Je suis un peu désolé pour elle parce qu'elle n'a jamais eu de marié. Je sais qu'elle rêve de se marier. Elle m'a rejoint dans un soulèvement parce que j'ai été trahi par mon compagnon. Depuis, nous ne cherchons que des relations rapides.
—Je comprends tout à fait. Je suis aussi un pervers. Cependant, je n'ai pas de raison particulière. Je veux juste profiter de ma jeunesse. Vous avez l'air de gens bien.
—Je vous remercie beaucoup. Vous êtes vraiment d'Arcoverde ?
—Oui, je viens du centre-ville. Et toi ?
—Du quartier de Saint Christopher.
—Excellent. Tu vis seule ?
—Oui. Près de la gare routière.

—Pouvez-vous avoir la visite d'un homme aujourd'hui ?

—Nous aimerions bien. Mais vous devez vous occuper des deux. Ça va ?

—Ne t'inquiète pas, chérie. Je peux gérer jusqu'à trois.

—Ah, oui ! Vrai !

—J'arrive tout de suite. Pouvez-vous m'expliquer l'endroit ?

—Oui. Ce sera un plaisir.

—Je sais où il se trouve. Je monte !

L'homme noir a quitté la pièce et Belinha aussi. Elle en profita et s'installa dans la cuisine où elle rencontra sa sœur. Amelinha lavait la vaisselle sale pour le dîner.

—Bonne nuit à toi, Amelinha. Vous n'y croirez pas. Devine qui vient ?

—Je n'en ai aucune idée. Qui ?

—Le Flavius. Je l'ai rencontré dans le chat virtuel. Il sera notre divertissement aujourd'hui.

—À quoi ressemble-t-il ?

—C'est Black Man. Avez-vous déjà pensé que ça pourrait être sympa ? Le pauvre ne sait pas de quoi on est capables !

—Vraiment, ma sœur ! On va le finir.

—Il tombera, avec moi ! - dit Belinha.

—Non ! Ce sera avec moi-Répondit Amelinha.

—Une chose est certaine : avec l'un de nous, il tombera-Belinha a conclu.

—C'est vrai ! Et si on préparait tout dans la chambre ?

—Bonne idée. Je vais t'aider !

Les deux poupées insatiables se rendirent à la chambre laissant tout organiser pour l'arrivée du mâle. Dès qu'ils ont fini, ils entendent sonner la cloche.

—C'est lui, ma sœur ? - Il a demandé à Amelinha.

—Regardons ça ensemble ! - Il a invité Belinha.

—Allez ! Amelinha a accepté.

Pas à pas, les deux femmes passent la porte de la chambre, passent la salle à manger et arrivent dans le salon. Ils ont marché jusqu'à la porte. Quand ils l'ouvrent, ils rencontrent le sourire charmant et viril de Flavius.

—Bonne nuit ! Ça va ? Je suis le Flavius.

—Bonne nuit. Vous êtes le bienvenu. Je suis Belinha qui te parlait sur l'ordinateur et cette gentille fille à côté de moi est ma sœur.

—Ravi de vous rencontrer, Flavius ! - Amelinha dit.

—Ravi de vous rencontrer. Je peux entrer ?

—Bien sûr ! - Les deux femmes ont répondu en même temps.

L'étalon avait accès à la pièce en observant chaque détail du décor. Que se passait-il dans cet esprit bouillant ? Il a été particulièrement touché par chacun de ces spécimens femelles. Après un bref instant, il regarda profondément dans les yeux des deux putes en disant :

—Es-tu prêt pour ce que je suis venu faire ?

—Nous sommes prêts ! -Affirmés les amoureux !

Le trio s'est arrêté et a marché un long chemin à la plus grande pièce de la maison. En fermant la porte, ils étaient sûrs que le paradis irait en enfer en quelques secondes. Tout était parfait : l'agencement des serviettes, les Jouets sexuels, le film porno jouant sur la télévision au plafond et la musique romantique vibrante. Rien ne pouvait ôter le plaisir d'une grande soirée.

La première étape est de s'asseoir près du lit. L'homme noir a commencé à enlever ses vêtements des deux femmes. Leur désir et leur soif de sexe étaient si grands qu'ils ont causé un peu d'anxiété dans ces dames douces. Il enlevait sa chemise montrant le thorax et l'abdomen bien travaillés par l'entraînement quotidien au gymnase. Vos cheveux moyens partout dans cette région ont tiré des soupirs des filles. Par la suite, il a enlevé son pantalon permettant la vue de ses sous-vêtements Box par conséquent montrant son volume et sa masculinité. À ce moment-là, il leur permettait de toucher l'orgue, le rendant plus droit.

Sans secrets, il jeta ses sous-vêtements en montrant tout ce que Dieu lui avait donné.

Il avait vingt-deux centimètres de long, quatorze centimètres de diamètre assez pour les rendre fous. Sans perdre de temps, ils sont tombés sur lui. Ils ont commencé par les préliminaires. Tandis que l'une avalait sa bite dans sa bouche, l'autre léchait les poches du scrotum. Dans cette opération, ça fait trois minutes. Assez longtemps pour être complètement prêt pour le sexe.

Puis il a commencé à pénétrer dans l'un puis dans l'autre sans préférence. Le rythme fréquent de la navette a provoqué des gémissements, des cris et de multiples orgasmes après l'acte. C'était trente minutes de sexe vaginal. La moitié du temps. Puis ils ont conclu avec le sexe oral et anal.

Le feu

C'était une nuit froide, sombre et pluvieuse dans la capitale de tous les bois du Pernambouc. Il y a eu des moments où les vents du front ont atteint 100 kilomètres à l'heure faisant peur aux pauvres sœurs Amelinha et Belinha. Les deux sœurs perverses se sont rencontrées dans le salon de leur simple résidence dans le quartier de Saint Christopher. Sans rien faire, ils parlaient avec bonheur de choses générales.

—Amelinha, comment était ta journée à la ferme ?

—La même chose : j'ai organisé la planification fiscale de l'administration fiscale et douanière, j'ai géré le paiement des impôts, j'ai travaillé à la prévention et à la lutte contre l'évasion fiscale. C'est dur et ennuyeux. Mais gratifiant et bien payé. Et toi ? Comment était ta routine à l'école ? - a demandé Amelinha.

—En classe, j'ai passé le contenu en guidant les élèves de la meilleure façon possible. J'ai corrigé les erreurs et pris deux téléphones portables d'étudiants qui dérangeaient la classe. J'ai également donné des cours sur le comportement, la posture, la dynamique et des conseils utiles. En plus d'être enseignante, je suis leur mère. La preuve en est que, à l'entracte, j'ai infiltré la classe d'étudiants et, avec eux, nous avons joué à la marelle. À mon avis, l'école est notre deuxième maison et nous devons nous occuper des amitiés et des liens humains que nous avons de lui-Belinha a répondu.

—Brillant, ma petite sœur. Nos travaux sont excellents parce qu'ils fournissent des constructions émotionnelles et d'interaction importantes entre les gens. Aucun humain ne peut vivre en isolement, encore moins sans ressources psychologiques et financières analysées Amelinha.

—Je suis d'accord. Le travail est essentiel pour nous car il nous rend indépendants de l'empire sexiste dominant dans notre société-dit Belinha.

—Exactement. Nous continuerons dans nos valeurs et nos attitudes. L'homme n'est bon qu'au lit.

—En parlant des hommes, qu'avez-vous pensé de Christian ? - Belinha demanda.

—Il a répondu à mes attentes. Après une telle expérience, mon instinct et mon esprit demandent toujours plus d'insatisfaction interne. Quelle est votre opinion ? - a demandé Amelinha.

—C'était bien, mais je me sens aussi comme toi : incomplet. Je suis à sec de l'amour et du sexe. Je veux de plus en plus. Qu'avons-nous pour aujourd'hui ? - dit Belinha.

—Je n'ai plus d'idées. La nuit est froide, sombre et sombre. Tu entends le bruit dehors ? Il y a beaucoup de pluie, des vents forts, des éclairs et du tonnerre. J'ai peur ! - dit Amelinha.

—Moi aussi ! - Belinha a avoué.

En ce moment, un coup de tonnerre retentit dans tout Arcoverde. Amelinha saute sur les genoux de Belinha qui crie de douleur et de désespoir. En même temps, l'électricité manque, ce qui les rend tous deux désespérés.

—Et maintenant ? Que ferons-nous Belinha ? - Demanda Amelinha.

—Lâche moi, salope ! Je vais chercher les bougies ! - dit Belinha. Belinha a doucement poussé sa sœur sur le côté du canapé alors qu'elle tâtonnait les murs pour se rendre à la cuisine. Comme la maison est relativement petite, il ne faut pas longtemps pour terminer cette opération. Avec tact, il prend les bougies dans le placard et les allume avec les allumettes stratégiquement placées sur le poêle.

Avec l'allumage de la bougie, elle retourne calmement à la chambre où il rencontre sa sœur avec un sourire mystérieux grand ouvert sur son visage. Qu'est-ce qu'elle faisait ?

—Tu peux t'aérer, ma sœur ! Je sais que vous pensez à quelque chose - Dit Belinha.

—Et si on appelait les pompiers de la ville pour les prévenir d'un incendie ? Dit Amelinha.

—Laisse-moi mettre les choses au clair. Vous voulez inventer un feu fictif pour attirer ces hommes ? Et si on se fait arrêter ? - Belinha avait peur.

—Mon collègue ! Ils vont adorer la surprise. Qu'ont-ils de mieux à faire lors d'une nuit sombre et terne comme celle-ci ? - dit Amelinha.

—Vous avez raison. Ils vous remercieront pour le plaisir. Nous briserons le feu qui nous consume de l'intérieur. Maintenant, la question vient : Qui aura le courage de les appeler ? - a demandé Belinha.

—Je suis très timide. Je te confie cette tâche, ma sœur, dit Amelinha.

—Toujours moi. OK. Quoi qu'il arrive, conclut Belinha.

En se levant du canapé, Belinha se rend à la table dans le coin où le mobile est installé. Elle appelle le numéro d'urgence des pompiers et attend qu'on lui réponde. Après quelques touches, il entend une voix profonde et ferme parler de l'autre côté.

—Bonne nuit. C'est le service d'incendie. Qu'est-ce que tu veux ?

—Mon nom est Belinha. Je vis dans le quartier de Saint Christopher ici à Arcoverde. Ma sœur et moi sommes désespérés avec toute cette pluie. Quand l'électricité est sortie dans notre maison, a causé un court-circuit, commençant à mettre le feu aux objets. Heureusement, ma sœur et moi sommes sortis. Le feu consume lentement la maison. On a besoin de l'aide des pompiers.

—Du calme, mon ami. On y sera bientôt. Pouvez-vous donner des informations détaillées sur votre emplacement ? - Demandé au pompier en service.

—Ma maison est exactement sur Central Avenue, troisième maison sur la droite. Vous êtes d'accord ?

—Je sais où il est. Nous y serons dans quelques minutes. Soyez calme-Dit le pompier.

—Nous vous attendons. Merci ! - Merci Belinha.

Revenant sur le canapé avec un large sourire, les deux ont lâché leurs oreillers et ont sniffé avec le plaisir qu'ils faisaient. Cependant, ce n'est pas recommandé de le faire à moins qu'ils étaient deux putains comme eux.

Environ dix minutes plus tard, ils ont entendu frapper à la porte et sont allés répondre. Quand ils ont ouvert la porte, ils ont affronté trois visages magiques, chacun avec sa beauté caractéristique. L'un était noir, de six pieds de haut, les jambes et les bras moyens. Un autre était sombre, d'un mètre et quatre-vingt-dix de haut, musclé et sculptural. Un troisième était blanc, court, mince, mais très friand. Le blanc veut se présenter :

—Salut, mesdames, bonne nuit ! Mon nom est Roberto. Cet homme d'à côté s'appelle Matthew et l'homme brun, Philip. Quels sont vos noms et où est le feu ?

—Je suis Belinha, je vous ai parlé au téléphone. Cette brune, c'est ma sœur Amelinha. Venez, je vais vous expliquer.

—OK - Ils ont pris les trois pompiers en même temps.

Le quintette est entré dans la maison et tout semblait normal parce que l'électricité était revenue. Ils s'installent sur le canapé du salon avec les filles. Suspect, ils font la conversation.

—Le feu est fini, est-ce que c'est ? - Matthew a demandé.

—Oui. Nous le contrôlons déjà grâce à un grand effort- a expliqué Amelinha.

—Pitié ! J'avais envie de travailler. Là, à la caserne, la routine est si monotone-dit Felipe.

—J'ai une idée pour vous. Que diriez-vous de travailler d'une manière plus agréable ? - Belinha suggéré.

—Vous voulez dire que vous êtes ce que je pense ? - Interrogé Felipe.

—Oui. Nous sommes des femmes célibataires qui aimons le plaisir. Envie de s'amuser ? - demanda Belinha.

—Seulement si tu y vas maintenant- répondit l'homme noir.

—Je suis là aussi.

—Attendez-moi, le blanc est disponible.

—C'est ce que disent les filles.

Le quintette est entré dans la chambre partageant un lit double. Puis a commencé l'orgie sexuelle. Belinha et Amelinha se relaient pour assister au plaisir des trois pompiers. Tout semblait magique et il n'y avait pas de meilleur sentiment que d'être avec eux. Avec des cadeaux variés, ils ont connu des variations sexuelles et positionnelles créant une image parfaite.

Les filles semblaient insatiables dans leur ardeur sexuelle ce qui a rendu ces professionnels fous. Ils ont passé la nuit à faire l'amour et le plaisir ne semblait jamais finir. Ils ne sont pas partis avant d'avoir reçu un appel urgent. Ils ont démissionné et sont allés répondre au rapport de police. Même ainsi, ils n'oublieraient jamais cette merveilleuse expérience aux côtés des "Sœurs perverties".

Consultation médicale

Elle a émergé sur la belle capitale de l'Outback. D'habitude, les deux sœurs perverses se réveillaient tôt. Cependant, lorsqu'ils se sont levés, ils ne se sentaient pas bien. Tandis qu'Amelinha éternuait, sa sœur Belinha se sentit un peu étouffée. Ces faits sont probablement venus de la nuit précédente à Virginia Carré où ils ont bu, embrassé sur la bouche et sniffé harmonieusement dans la nuit sereine.

Comme ils ne se sentaient pas bien et sans force pour rien, ils se sont assis sur le canapé religieusement penser à ce qu'il fallait faire parce que les engagements professionnels attendaient d'être résolus.

—Qu'est-ce qu'on fait ? Je suis à bout de souffle et épuisée, dit Belinha.

—Racontez-moi ! J'ai mal à la tête et je commence à avoir un virus. Nous sommes perdus ! - dit Amelinha.

—Mais je ne pense pas que ce soit une raison pour manquer le travail ! Les gens dépendent de nous ! - Dit Belinha

—Calmez-vous, ne paniquons pas ! Et si on rejoignait les gentils ? - Suggère Amelinha.

—Ne me dites pas que vous pensez ce que je pense... - Belinha était stupéfaite.

—C'est exact. Allons voir le docteur ensemble ! Ce sera une grande raison de manquer le travail et qui sait n'arrive pas ce que nous voulons ! - Dit Amelinha

—Excellente idée ! Qu'est-ce qu'on attend ? Préparons-nous ! - demanda Belinha.

—Allez ! - Amelinha est d'accord.

Les deux sont allés à leurs enceintes respectives. Ils étaient tellement enthousiasmés par la décision ; Ils n'avaient même pas l'air malades. C'était leur invention ? Pardonnez-moi, lecteur, ne pensons pas mal à nos chers amis. Au lieu de cela, nous les accompagnerons dans ce nouveau chapitre passionnant de leur vie.

Dans la chambre, ils se baignaient dans leurs suites, enfilaient de nouveaux vêtements et chaussures, peignaient leurs cheveux longs, mettaient un parfum français et allaient ensuite à la cuisine. Là, ils ont écrasé les œufs et le fromage remplissant deux pains et mangé avec un jus refroidi. Tout était très délicieux. Malgré cela, ils ne semblaient pas le sentir parce que l'anxiété et la nervosité devant le rendez-vous du médecin étaient gigantesques.

Avec tout prêt, ils ont quitté la cuisine pour sortir de la maison. À chaque pas qu'ils ont fait, leurs petits cœurs ont vibré d'émotion dans une expérience complètement nouvelle. Bénis soient-ils tous ! L'optimisme s'est emparé d'eux et était quelque chose à suivre par d'autres !

A l'extérieur de la maison, ils vont au garage. Ouvrant la porte en deux tentatives, ils se tiennent devant la modeste voiture rouge. Malgré leur bon goût dans les voitures, ils ont préféré les plus populaires aux classiques par crainte de la violence commune présente dans presque toutes les régions brésiliennes.

Sans délai, les filles entrent dans la voiture en donnant la sortie doucement et puis l'un d'eux ferme le garage revenant à la voiture immédiatement après. Qui conduit est Amelinha avec de l'expérience déjà dix ans. Belinha n'est pas encore autorisée à conduire.

Le trajet très court entre leur domicile et l'hôpital se fait avec sécurité, harmonie et tranquillité. À ce moment-là, ils avaient le faux sentiment qu'ils pouvaient tout faire. De façon contradictoire, ils avaient peur de sa ruse et de sa liberté. Ils ont eux-mêmes été surpris par les mesures prises. Ce n'était pas pour rien de moins qu'on les traitait de bonnes salopes !

Arrivés à l'hôpital, ils ont pris rendez-vous et ont attendu d'être appelés. Dans cet intervalle de temps, ils ont profité de faire une collation et ont échangé des messages via l'application mobile avec leurs chers serviteurs sexuels. Plus cynique et plus gai que ceux-ci, il était impossible d'être !

Au bout d'un moment, c'est à leur tour d'être vus. Inséparables, ils entrent dans le bureau de soins. Quand cela arrive, le médecin a presque une crise cardiaque. En face d'eux était une pièce rare d'un homme : Un grand blond, un mètre et quatre-vingt-dix centimètres de haut, barbu, cheveux formant une queue de cheval, bras et seins musclés, visages naturels avec un regard angélique. Avant même qu'ils puissent rédiger une réaction, il invite :

—Asseyez-vous, tous les deux !

—Merci ! - Ils ont dit les deux.

Les deux ont le temps de faire une rapide analyse de l'environnement : devant la table de service, le médecin, la chaise dans laquelle il était assis et derrière un placard. A droite, un lit. Sur le mur, des peintures expressionnistes de l'auteur Cândido Portinari représentant l'homme de la campagne. L'atmosphère est très confortable laissant les filles à l'aise. L'atmosphère de détente est rompue par l'aspect formel de la consultation.

—Dites-moi ce que vous ressentez !

Ça semblait informel pour les filles. Comme il était mignon, ce blond ! Ça devait être délicieux à manger.

—Mal de tête, indisposition et virus ! - Dit à Amelinha.

—Je suis essoufflé et fatigué ! - Il a réclamé Belinha.

—C'est bon ! Laissez-moi regarder ! Allongez-vous sur le lit ! - demanda le Docteur.

Les putes respiraient à peine à cette demande. Le professionnel leur a fait enlever une partie de leurs vêtements et les a sentis dans diverses parties qui ont causé des frissons et des sueurs froides. Réalisant qu'il n'y avait rien de sérieux avec eux, l'accompagnateur plaisantait :

—Tout est parfait ! De quoi veux-tu qu'ils aient peur ? une piqûre dans le cul ?

—J'adore ! Si c'est une grande et épaisse injection encore mieux ! - Dit Belinha.

—Tu t'appliqueras lentement, chérie ? - Dit Amelinha.

—Vous en demandez déjà trop ! - A noté le clinicien.

Fermant soigneusement la porte, il tombe sur les filles comme un animal sauvage. D'abord, il enlève le reste des vêtements des corps. Cela aiguise encore plus sa libido. En étant complètement nu, il admire pour un instant ces créatures sculpturales. Ensuite, c'est à son tour de se montrer. Il s'assure qu'ils enlèvent leurs vêtements. Cela augmente l'interaction et l'intimité entre le groupe.

Tout est prêt, ils commencent les préliminaires du sexe. En utilisant la langue dans les parties sensibles comme l'anus, le cul et l'oreille la blonde provoque des mini orgasmes de plaisir chez les deux femmes. Tout allait bien même quand quelqu'un frappait à la porte. Pas d'issue, il doit répondre. Il marche un peu et ouvre la porte. Ce faisant, il rencontre l'infirmière de garde : un mulâtre élancé, aux jambes minces et très bas.

—Docteur, j'ai une question sur les médicaments d'un patient : est-ce que c'est cinq ou trois cents milligrammes d'aspirine ? - A demandé Roberto montrant une recette.

—Cinq cents ! - confirmé Alex.

À ce moment, l'infirmière a vu les pieds des filles nues qui essayaient de se cacher. Il a ri à l'intérieur.

—Vous plaisantez un peu ? N'appelle même pas tes amis !

—Excusez-moi ! Vous voulez rejoindre le gang ?

—J'adorerais le faire !

—Alors viens !

Les deux sont entrés dans la pièce fermant la porte derrière eux. Plus que vite, le mulâtre se déshabilla. Totalement nu, il montra son long mât veiné comme un trophée. Belinha était ravie et lui donnait bientôt du sexe oral. Alex a aussi demandé à Amelinha de faire de même avec lui. Après l'oral, ils ont commencé l'anal. Dans cette partie, Belinha a trouvé très difficile de s'accrocher à la bite monstre de l'infirmière. Mais une fois qu'il est entré dans le trou, leur plaisir était énorme. D'autre part, ils ne se sentaient pas de difficulté parce que leur pénis était normal.

Puis ils ont eu des relations sexuelles vaginales dans différentes positions. Le mouvement de va-et-vient dans la cavité a provoqué des hallucinations. Après cette étape, les quatre se sont unis dans un sexe de groupe. C'était la meilleure expérience dans laquelle les énergies restantes étaient dépensées. Quinze minutes plus tard, ils étaient tous les deux vendus. Pour les sœurs, le sexe ne finirait jamais, mais bon car on respectait la fragilité de ces hommes. Ne voulant pas déranger leur travail, ils ont arrêté de prendre le certificat de justification du travail et de leur téléphone personnel. Ils sont partis complètement calmes sans attirer l'attention de qui que ce soit pendant le passage à l'hôpital.

Arrivés au parking, ils sont entrés dans la voiture et ont commencé le chemin du retour. Heureux comme ils sont, ils pensaient déjà à leur prochain méfait sexuel. Les sœurs perverses étaient vraiment quelque chose !

Leçon privée

C'était un après-midi comme les autres. Nouvelles venues du travail, les sœurs perverties étaient occupées avec les tâches ménagères. Après avoir terminé toutes les tâches, ils se sont rassemblés dans la salle pour se reposer un peu. Tandis qu'Amelinha lisait un livre, Belinha utilisait l'internet mobile pour parcourir ses sites préférés.

À un moment donné, la seconde crie à haute voix dans la pièce, ce qui effraie sa sœur.

-Qu'y a-t-il, ma fille ? Êtes-vous fou ? - a demandé Amelinha.

-Je viens d'accéder au site Web des concours ayant une surprise reconnaissante informé Belinha.

-Dis-m'en plus !

-Les inscriptions à la Cour régionale fédérale sont ouvertes. On y va ?

-Bonne décision, ma sœur ! Quel est le salaire ?

-Plus de dix mille dollars initiaux.

-Très bien ! Mon travail est mieux. Cependant, je vais faire le concours parce que je me prépare à la recherche d'autres événements. Ce sera une expérience.

-Vous vous débrouillez très bien ! Vous m'encouragez. Maintenant, je ne sais pas par où commencer. Tu peux me donner des pourboires ?

-Achetez un cours virtuel, posez beaucoup de questions sur les sites de test, faites et refaites les tests précédents, rédigez des résumés, regardez des conseils et téléchargez du bon matériel sur Internet, entre autres choses.

-Merci ! Je suivrai tous ces conseils ! Mais j'ai besoin de plus. Puisque nous avons de l'argent, pourquoi ne pas payer une leçon privée ?

-Je n'y avais pas pensé. C'est une bonne idée ! Avez-vous des suggestions pour une personne compétente ?

-J'ai un enseignant très compétent d'Arcoverde dans mes contacts téléphoniques. Regarde sa photo !

Belinha a donné son portable à sa sœur. En voyant la photo du garçon, elle était extatique. En plus d'être beau, il était intelligent ! Ce serait une victime parfaite de la paire joignant l'utile à l'agréable.

-Qu'est-ce que nous attendons ? Va le chercher, ma sœur ! Nous devons étudier bientôt. - Amelinha dit.

-Vous l'avez ! - Belinha a accepté.

Se levant du canapé, elle a commencé à composer les numéros du téléphone sur le bloc-notes. Une fois l'appel passé, il ne faudra que quelques instants pour y répondre.

-Bonjour. Tu vas bien ?

-Tout va bien, Renato.

-Envoyez les ordres.

-Je naviguais sur Internet lorsque j'ai découvert que les demandes pour le concours de la Cour régionale fédérale sont ouvertes. J'ai immédiatement nommé mon esprit comme un professeur respectable. Tu te souviens de la saison scolaire ?

-Je me souviens bien de cette époque. Bonne chance à ceux qui ne reviennent pas !

-C'est exact ! Avez-vous le temps de nous donner une leçon privée ?

-Quelle conversation, jeune fille ! Pour toi, j'ai toujours le temps ! Quelle date fixe-t-on ?

-Pouvons-nous le faire demain à 2 heures de l'après-midi ? Nous devons commencer !
-Bien sûr que oui ! Avec mon aide, je dis humblement que les chances de réussite augmentent incroyablement.
-J'en suis sûr!
-Comme c'est bon ! Vous pouvez m'attendre à 14 h.
-Merci beaucoup ! À demain !
-À plus tard !
Belinha raccrocha le téléphone et esquissa un sourire pour son compagnon. Soupçonnant la réponse, Amelinha a demandé :
-Comment ça s'est passé ?
-Il a accepté. Demain à 14 h, il sera là.
-Comme c'est bon ! Les nerfs me tuent !
-Calme-toi, ma sœur ! Tout va bien se passer.
-Amen !
-Devons-nous préparer le dîner ? J'ai déjà faim !
-Bon souvenir !

La paire est passée du salon à la cuisine où dans un environnement agréable parlait, jouait, cuisinait entre autres activités. Ce sont des figures exemplaires de sœurs unies par la douleur et la solitude. Le fait qu'ils étaient des bâtards dans le sexe ne les qualifiait encore plus. Comme vous le savez, la Brésilienne a du sang chaud.

Peu après, ils fraternisaient autour de la table, pensant à la vie et à ses vicissitudes.

-En mangeant ce délicieux poulet Stroganoff, je me souviens de l'homme noir et des pompiers ! Des moments qui ne semblent jamais passer ! - dit Belinha !

- Dites-m'en plus! Ces gars-là sont délicieux ! Sans parler de l'infirmière et du docteur ! J'ai adoré ça aussi ! - Je me suis souvenu d'Amelinha !

-Assez vrai, ma sœur ! Avoir un beau mât tout homme devient agréable ! Que les féministes me pardonnent !

-Nous n'avons pas besoin d'être aussi radicaux... !

Les deux rient et continuent à manger la nourriture sur la table. Pendant un moment, rien d'autre ne comptait. Ils semblaient être seuls dans le monde et cela les qualifiait de déesses de beauté et d'amour. Parce que la chose la plus importante est de se sentir bien et d'avoir de l'estime de soi.

Confiants en eux-mêmes, ils continuent le rituel familial. A la fin de cette étape, ils surfent sur internet, écoutent de la musique sur la chaîne stéréo du salon, regardent des feuilletons et, plus tard, un film porno. Cette ruée les laisse essoufflés et fatigués les forçant à aller se reposer dans leurs chambres respectives. Ils attendaient avec impatience le lendemain.

Ils ne tarderont pas à tomber dans un profond sommeil. En dehors des cauchemars, la nuit et l'aube ont lieu dans la plage normale. Dès l'aube, ils se lèvent et commencent à suivre la routine normale : bain, petit déjeuner, travail, retour à la maison, bain, déjeuner, sieste et se déplacent vers la chambre où ils attendent la visite prévue.

Quand ils entendent frapper à la porte, Belinha se lève et va répondre. Ce faisant, il rencontre le professeur souriant. Cela lui a causé une bonne satisfaction interne.

-Bon retour, mon ami ! Prêt à nous apprendre ?

-Oui, très, très prêt ! Merci encore pour cette opportunité ! - Dit Renato.

-Allons-y ! - Dit Belinha.

Le garçon n'y pensa pas deux fois et accepta la demande de la jeune fille. Il salua Amelinha et, à son signal, s'assit sur le canapé. Sa première attitude fut d'enlever le chemisier noir en tricot parce qu'il faisait trop chaud. Avec cela, il a laissé son plastron bien travaillé dans la salle de gym, la sueur qui coulait et sa lumière foncée. Tous ces détails étaient un aphrodisiaque naturel pour ces deux "pervers".

Prétendant que rien ne se passait, une conversation a été initiée entre les trois.

-Avez-vous préparé un bon cours, professeur ? - A demandé Amelinha.

-Oui ! Commençons par quel article ? - A demandé Renato.

-Je ne sais pas... - dit Amelinha.

-Et si nous nous amusions d'abord ? Après que tu aies enlevé ta chemise, je me suis mouillé ! - Avoué Belinha.

- J'ai également dit Amelinha.

-Vous deux êtes vraiment des maniaques du sexe ! N'est-ce pas ce que j'aime ? - dit le maître.

Sans attendre une réponse, il a enlevé son jean bleu montrant les muscles adducteurs de sa cuisse, ses lunettes de soleil montrant ses yeux bleus et enfin ses sous-vêtements montrant une perfection de long pénis, épaisseur moyenne et avec tête triangulaire. C'était assez pour que les petites putes tombent dessus et commencent à jouir de ce corps viril et jovial. Avec son aide, ils se sont déshabillés et ont commencé les préliminaires du sexe.

En bref, ce fut une merveilleuse rencontre sexuelle où ils ont connu beaucoup de nouvelles choses. C'était presque quarante minutes de sexe sauvage en totale harmonie. Dans ces moments, l'émotion était si grande qu'ils n'ont même pas remarqué le temps et l'espace. Par conséquent, ils étaient infinis par l'amour de Dieu.

Quand ils ont atteint l'extase, ils se sont reposés un peu sur le canapé. Ils ont ensuite étudié les disciplines chargées par le concours. En tant qu'élèves, les deux étaient serviables, intelligents et disciplinés, ce qui a été noté par l'enseignant. Je suis sûr qu'ils étaient en route pour l'approbation.

Trois heures plus tard, ils ont arrêté de promettre de nouvelles réunions d'étude. Heureuses dans la vie, les sœurs perverties allèrent s'occuper de leurs autres tâches en pensant déjà à leurs prochaines aventures. Ils étaient connus dans la ville comme "l'insatiable".

Test de compétition

Ça fait un bail. Pendant environ deux mois, les sœurs perverties se consacrèrent au concours selon le temps disponible. Chaque jour qui passait, ils étaient mieux préparés à ce qui allait et venait. En même temps, il y a eu des rapports sexuels et dans ces moments, ils ont été libérés.

Le jour du test était enfin arrivé. Partant tôt de la capitale de l'arrière-pays, les deux sœurs ont commencé à marcher l'autoroute BR 232 d'un itinéraire total de 250 km. Sur le chemin, ils sont passés par les points principaux de l'intérieur de l'Etat : Pesqueira, Belo Jardim, São Caetano, Caruaru, Gravatá, Bezerros et Vitória de Santo Antão. Chacune de ces villes avait une histoire à raconter et de leur expérience ils l'ont absorbée complètement. Comme il était bon de voir les montagnes, la forêt atlantique, la caatinga, les fermes, les fermes, les villages, les petites villes et de siroter l'air pur provenant des forêts. Pernambuco était un état vraiment merveilleux!

Entrant dans le périmètre urbain de la capitale, ils célèbrent la bonne réalisation du Voyage. Prendre l'avenue principale au bon voyage de voisinage où ils effectueraient le test. En chemin, ils font face à un trafic encombré, à l'indifférence des étrangers, à un air pollué et à un manque de conseils. Mais ils ont finalement réussi. Ils entrent dans le bâtiment respectif, s'identifient et commencent le test qui durerait deux périodes. Au cours de la première partie du test, ils sont entièrement axés sur le défi des questions à choix multiples. Bien élaboré par la banque responsable de l'événement, a suscité les plus diverses élaborations des deux. À leur avis, ils s'en sortaient bien. Quand ils ont pris la pause, ils sont sortis pour le déjeuner et un jus dans un restaurant en face de l'immeuble. Ces moments étaient importants pour eux afin de maintenir leur confiance, leur relation et leur amitié.

Après cela, ils sont retournés sur le site d'essai. Puis a commencé la deuxième période de l'événement avec des questions traitant d'autres disciplines. Même sans garder le même rythme, ils étaient encore très perspicaces dans leurs réponses. Ils ont prouvé de cette façon que la meilleure façon de passer des concours est en consacrant beaucoup aux études. Un peu plus tard, ils ont mis fin à leur participation confiante. Ils ont remis les preuves, sont retournés à la voiture, se dirigeant vers la plage située à proximité.

Sur le chemin, ils jouaient, allumaient le son, commentaient la course et avançaient dans les rues de Recife en regardant les rues illuminées de la capitale parce qu'il faisait presque nuit. Ils s'émerveillent devant le spectacle vu. Pas étonnant que la ville soit connue comme la "capitale des tropiques". Le coucher de soleil donne à l'environnement un aspect encore plus magnifique. Comme c'est agréable d'être là en ce moment !

Quand ils ont atteint le nouveau point, ils se sont approchés des rivages de la mer et ont ensuite lancé dans ses eaux froides et calmes. Le sentiment provoqué est extatique de joie, de contentement, de satisfaction et de paix. Perdant la notion du temps, ils nagent jusqu'à ce qu'ils soient fatigués. Après cela, ils s'allongent sur la plage dans la lumière des étoiles sans aucune crainte ou inquiétude. La magie les saisit brillamment. Un mot à utiliser dans ce cas était "Incommensurable".

À un certain point, avec la plage presque déserte, il y a une approche de deux hommes des filles. Ils essaient de se lever et de courir face au danger. Mais ils sont arrêtés par les bras forts des garçons.

—Du calme, les filles ! On ne va pas te faire de mal ! Nous ne demandons qu'un peu d'attention et d'affection ! - L'un d'eux a parlé.

Face au ton doux, les filles riaient avec émotion. S'ils voulaient du sexe, pourquoi ne pas les satisfaire ? Ils étaient des maîtres dans cet art. Répondant à leurs attentes, ils se sont levés et les ont aidés à se déshabiller. Ils ont livré deux préservatifs et fait un strip-tease. C'était assez pour rendre ces deux hommes fous.

Tombant par terre, ils s'aimaient en couple et leurs mouvements faisaient trembler le sol. Ils se sont permis toutes les variations sexuelles et les désirs des deux. À ce moment-là, ils ne se souciaient de rien ni de personne. Pour eux, ils étaient seuls dans l'univers dans un grand rituel d'amour sans préjugés. Dans le sexe, ils étaient complètement entrelacés produisant un pouvoir jamais vu auparavant. Comme des instruments, ils faisaient partie d'une plus grande force dans la poursuite de la vie.

L'épuisement les force à arrêter. Pleinement satisfaits, les hommes démissionnent et s'en vont. Les filles décident de retourner à la voiture. Elles commencent leur voyage de retour à leur résidence. Totalement bien, ils ont pris avec eux leurs expériences et s'attendaient à de bonnes nouvelles sur le concours auquel ils ont participé. Ils méritaient certainement la meilleure chance au monde.

Trois heures plus tard, ils sont rentrés en paix. Ils remercient Dieu pour les bénédictions accordées en allant dormir. L'autre jour, j'attendais plus d'émotions pour les deux maniaques.

Le retour de l'enseignant

Dawn. Le soleil se lève tôt avec ses rayons passant à travers les fissures de la fenêtre allant caresser les visages de nos chers bébés. En outre, la brise du matin a aidé à créer une ambiance en eux. Comme c'était agréable d'avoir l'occasion d'un autre jour avec la bénédiction de Père. Lentement, les deux se lèvent de leurs lits respectifs à peu près en même temps. Après le bain, leur réunion se déroule dans la canopée où ils préparent le petit déjeuner ensemble. C'est un moment de joie, d'anticipation et de distraction en partageant des expériences à des moments incroyablement fantastiques.

Après le petit déjeuner est prêt, ils se rassemblent autour de la table confortablement assise sur des chaises en bois avec un dossier pour la colonne. Pendant qu'ils mangent, ils échangent des expériences intimes.

Belinha

Ma sœur, qu'est-ce que c'était ?

Amelinha

Pure émotion ! Je me souviens encore de chaque détail des corps de ces chers crétins !

Belinha

Moi aussi ! J'ai ressenti un grand plaisir. C'était presque extrasensoriel.
Amelinha
Je sais ! Faisons ces choses folles plus souvent !
Belinha
Je suis d'accord !
Amelinha
Tu as aimé le test ?
Belinha
J'ai adoré ça. Je meurs d'envie de voir ma performance !
Amelinha
Moi aussi !

Dès qu'elles ont fini de se nourrir, les filles ont récupéré leurs téléphones portables en accédant à l'internet mobile. Ils ont navigué jusqu'à la page de l'organisation pour vérifier la rétroaction de la preuve. Ils l'ont noté sur papier et sont allés dans la salle pour vérifier les réponses.

A l'intérieur, ils ont sauté de joie en voyant la bonne note. Ils étaient passés ! L'émotion ressentie ne pouvait pas être contenue en ce moment. Après avoir beaucoup fêté, il a la meilleure idée : Inviter Maître Renato pour qu'ils puissent célébrer le succès de la mission. Belinha est à nouveau en charge de la mission. Elle décroche son téléphone et appelle.

Belinha
Bonjour ?
Renato
Salut, ça va ? Comment vas-tu, douce Belle ?
Belinha
Très bien ! Devine ce qui vient de se passer.
Renato
Ne me dites pas que vous...
Belinha

Oui ! On a réussi le concours !
Renato
Mes félicitations ! Je ne te l'avais pas dit ?
Belinha
Je tiens à vous remercier de votre collaboration à tous les égards. Tu me comprends, n'est-ce pas ?
Renato
Je ne comprends pas. On doit mettre quelque chose en place. De préférence chez toi.
Belinha
C'est pour ça que j'ai appelé. On peut le faire aujourd'hui ?
Renato
Oui ! Je peux le faire ce soir.
Belinha
Wonder. Nous vous attendons donc à 20 heures.
Renato
D'accord. Je peux amener mon frère ?
Belinha
Bien sûr !
Renato
À plus tard !
Belinha
À plus tard !
La connexion se termine. En regardant sa sœur, Belinha fait rire de bonheur. Curieux, l'autre demande :
Amelinha
Alors quoi ? Il vient ?
Belinha
Tout va bien ! À huit heures ce soir, nous serons réunis. Lui et son frère arrivent ! Tu as pensé à orgie ?
Amelinha
Racontez-le-moi ! Je suis déjà palpitant d'émotion !

Belinha

Qu'il y ait du cœur ! J'espère que ça va marcher !

Amelinha

- Tout est réglé !

Les deux rient en même temps remplissant l'environnement de vibrations positives. À ce moment-là, je n'avais aucun doute que le destin conspirait pour une nuit de plaisir pour ce duo maniaque. Ils avaient déjà accompli tellement d'étapes ensemble qu'ils ne s'affaibliraient pas maintenant. Ils devraient donc continuer à idolâtrer les hommes comme un jeu sexuel et les jeter ensuite. C'était le moins que la race pouvait faire pour payer leurs souffrances. En fait, aucune femme ne mérite de souffrir. Ou plutôt, presque chaque femme ne mérite aucune douleur.

C'est l'heure d'aller travailler. Laissant la chambre déjà prête, les deux sœurs se rendent au garage où elles partent dans leur voiture privée. Amelinha emmène Belinha à l'école d'abord et part ensuite pour le bureau de la ferme. Là, elle respire la joie et raconte les nouvelles professionnelles. Pour l'approbation du concours, il reçoit les félicitations de tous. La même chose arrive à Belinha.

Plus tard, ils rentrent chez eux et se retrouvent à nouveau. Puis commence la préparation pour recevoir vos collègues. La journée promettait d'être encore plus spéciale.

Exactement à l'heure prévue, ils entendent frapper à la porte. Belinha, la plus intelligente d'entre elles, se lève et répond. Avec des pas fermes et sûrs, il se met dans la porte et l'ouvre lentement. À la fin de cette opération, il visualise le couple de frères. Avec un signal de l'hôtesse, ils entrent et s'installent sur le canapé du salon.

Renato

Je te présente mon frère. Son nom est Ricardo.

Belinha

Ravi de vous rencontrer, Ricardo.

Amelinha

Vous êtes les bienvenus ici !
Ricardo
Je vous remercie tous les deux. Tout le plaisir est pour moi !
Renato
Je suis prêt ! On peut aller dans la chambre ?
Belinha
Allez !
Amelinha
Qui a qui maintenant ?
Renato
Je choisis Belinha moi-même.
Belinha
Merci, Renato, merci ! On est ensemble !
Ricardo
Je serai heureux de rester avec Amelinha !
Amelinha
Tu vas trembler !
Ricardo
On va voir!
Belinha
Alors que la fête commence !

Les hommes ont délicatement placé les femmes sur le bras les portant jusqu'aux lits situés dans la chambre à coucher de l'un d'eux. En arrivant sur les lieux, ils se déshabillent et tombent dans les beaux meubles en commençant le rituel de l'amour dans plusieurs positions, échangeant caresses et complicité. L'excitation et le plaisir étaient si grands que les gémissements produits pouvaient être entendus à travers la rue scandalisant les voisins. Je veux dire, pas tellement, parce qu'ils connaissaient déjà leur célébrité.

Avec la conclusion du haut, les amoureux retournent à la cuisine où ils boivent du jus avec des cookies. Pendant qu'ils mangent, ils discutent pendant deux heures, ce qui augmente l'interaction du groupe.

Comme c'était bon d'être là à apprendre sur la vie et comment être heureux. Le contentement est d'être bien avec soi-même et avec le monde affirmant ses expériences et ses valeurs devant les autres portant la certitude de ne pas pouvoir être jugé par les autres. Par conséquent, le maximum qu'ils croyaient était "Chacun est sa propre personne".

À la tombée de la nuit, ils disent enfin au revoir. Les visiteurs quittent les "Chères Pyrénées" encore plus euphoriques en pensant à de nouvelles situations. Le monde n'arrêtait pas de se tourner vers les deux confidents. Qu'ils aient de la chance !

Fin

www.ingramcontent.com/pod-product-compliance
Lightning Source LLC
LaVergne TN
LVHW040203080526
838202LV00042B/3308